ONGA BONGA

Frieda Wishinsky · Carol Thompson

Editorial EJ Juventud

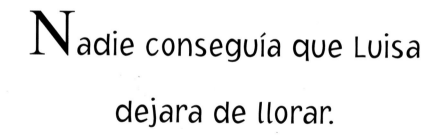

Nadie conseguía que Luisa

dejara de llorar.

Para David y Suzie que comparten algo especial.
F. W.
Para Clare y Chloë.
C. T.

Título original: Oonga Bonga
Copyright de las ilustraciones © 1998 Frieda Wishinsky
Copyriht del texto © Carol Thompson
Esta edición se publicó de común acuerdo conTransworld Publishers Ltd. London
© de la traducción española
Editorial Juventud, S. A.
Provença, 101- 08029 Barcelona
Telf. (34) 93 444 18 00 Fax (34) 93 439 83 83
E-mail: Juventud@bcn.servicom.es
www.edjuventud.com
Traducción de Christianne Scheurer
Primera edición, 1999
Depósito legal: B.16.494 -1999
ISBN 84-261-3113-1
Núm de edición de E. J.: 9.664
Impreso en España - Printed in Spain
Implitex - Llobregat, 30 - 08291 Ripollet(Barcelona)

SPAN
E
WISHINSKY

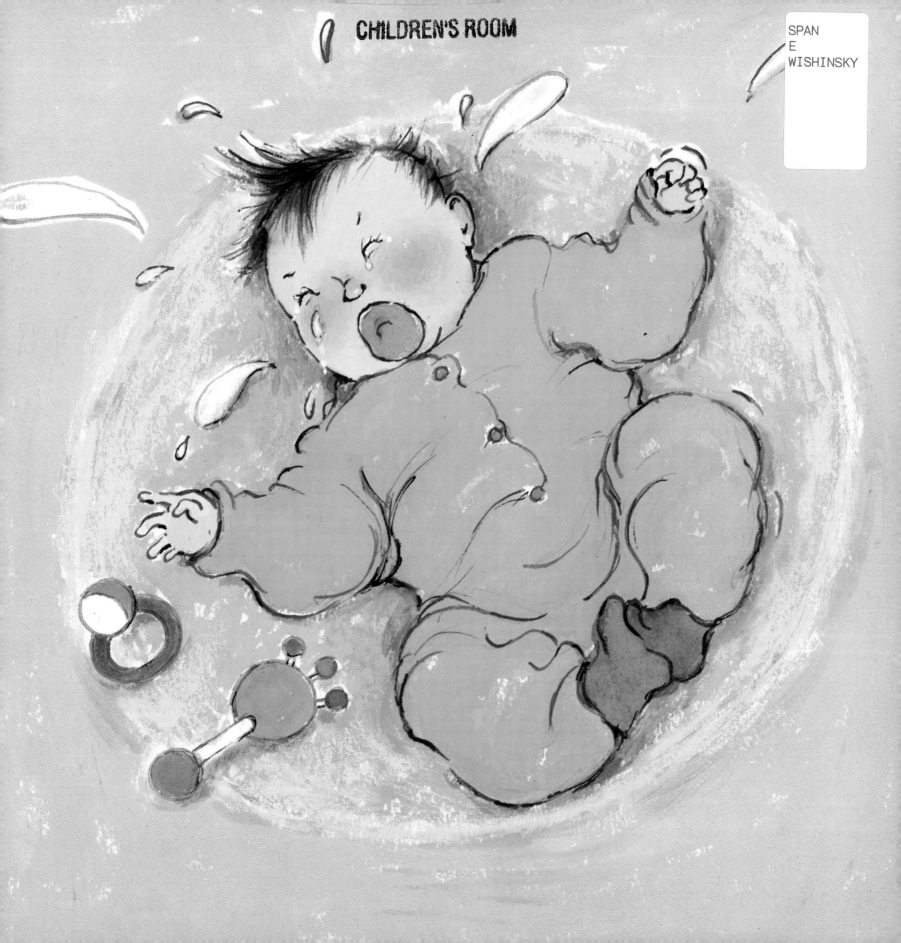

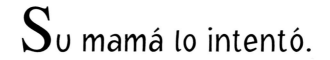

Su mamá lo intentó.

La cogió en brazos y le cantó una nana.

Pero no sirvió de nada.

Luisa siguió llorando hasta que sus lágrimas

corrieron como ríos hacia el mar.

Su papá lo intentó.

La meció suavemente en sus brazos

y le murmuró palabras dulces al oído.

Pero no sirvió de nada.

Luisa siguió llorando hasta que sus gritos

hicieron caer los cuadros

de la pared.

La abuela lo intentó.

Preparó un biberón

y le dijo : «Toma, cariño». Pero no sirvió de nada.

Luisa siguió llorando

hasta que sus sollozos

despertaron

a todos los perros y gatos del barrio.

miau   ¡auuuu!   ¡miauu!   grrr

El abuelo lo intentó.

Tocó una alegre canción en su armónica

y bailó al son de la música.

Pero no sirvió de nada.

Luisa siguió llorando hasta que los pájaros

y las ardillas huyeron del parque.

¡buaaa!

Las vecinas vinieron y ofrecieron sus consejos.

–Ponla boca abajo.   –Acuéstala de costado.

–Ponle Mozart.   –Ponle música rock.

Pero no sirvió de nada. Luisa seguía llorando.

Entonces llegó Daniel de la escuela.

—ONGA BONGA —le dijo a Luisa.

Luisa levantó la cabeza,

las lágrimas corrían por sus mejillas.

—ONGA BONGA —repitió su hermano.

Luisa dejó de llorar y lo miró a los ojos.

—ONGA BONGA —dijo Daniel otra vez.

Luisa sonrió.

—¿Cómo lo hiciste? –preguntó su madre.

–Es fácil. Sólo tienes que decir «Onga Bonga»

–contestó Daniel.

–Onga Bonga –exclamó su madre.

–Onga Bonga –dijo su padre.

–Onga Bonga –dijeron los abuelos.

–Ya lo veis –dijo Daniel–. Le gusta.

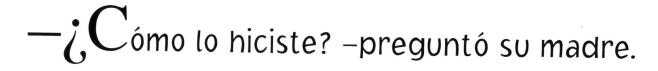

Sí que le gustaba.

Luisa tenía una sonrisa

de oreja a oreja.

–Onga Bonga –dijeron todos juntos.

—Voy a la calle a jugar —dijo Daniel.

—Vuelve a las ocho para cenar —dijo su madre.

Pero tan pronto como hubo salido, la sonrisa de

Luisa desapareció. Una lágrima resbaló lentamente

por la mejilla, seguida por otra y luego otra.

Al poco rato ya estaba llorando

tan fuerte como antes.

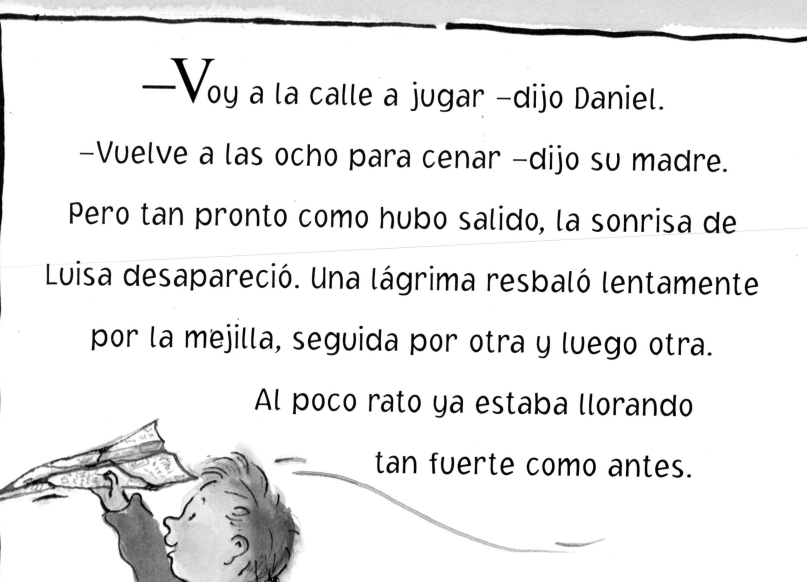

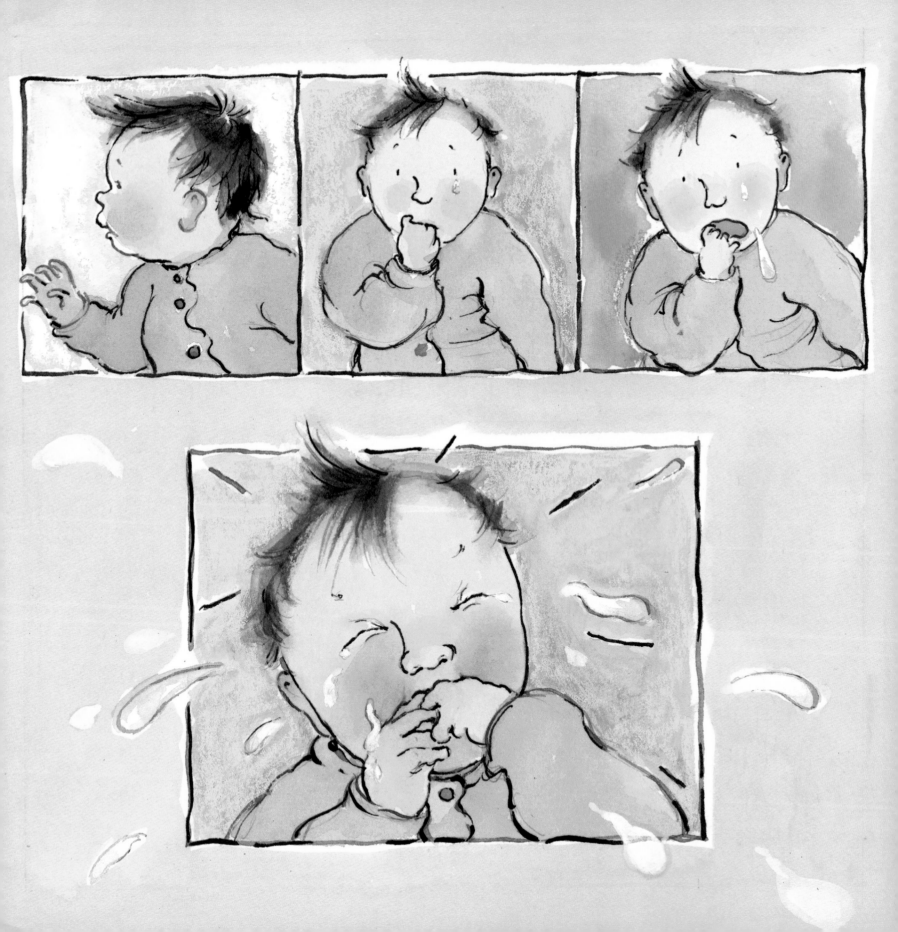

—Onga Bonga —dijo la madre.

—Onga Bonga —dijo el padre.

—Onga Bonga —dijeron los abuelos.

Pero no sirvió de nada. Luisa seguía llorando.

—¿Qué está pasando? —preguntó Daniel.

—ONGA BONGA ya no funciona —contestaron.

¡Buaa

Bua

Bua

Buaa

aaa!

Daniel se inclinó sobre Luisa

y le susurró al oído:

—UNCA BUNCA, Luisa.

Y Luisa dejó de llorar.

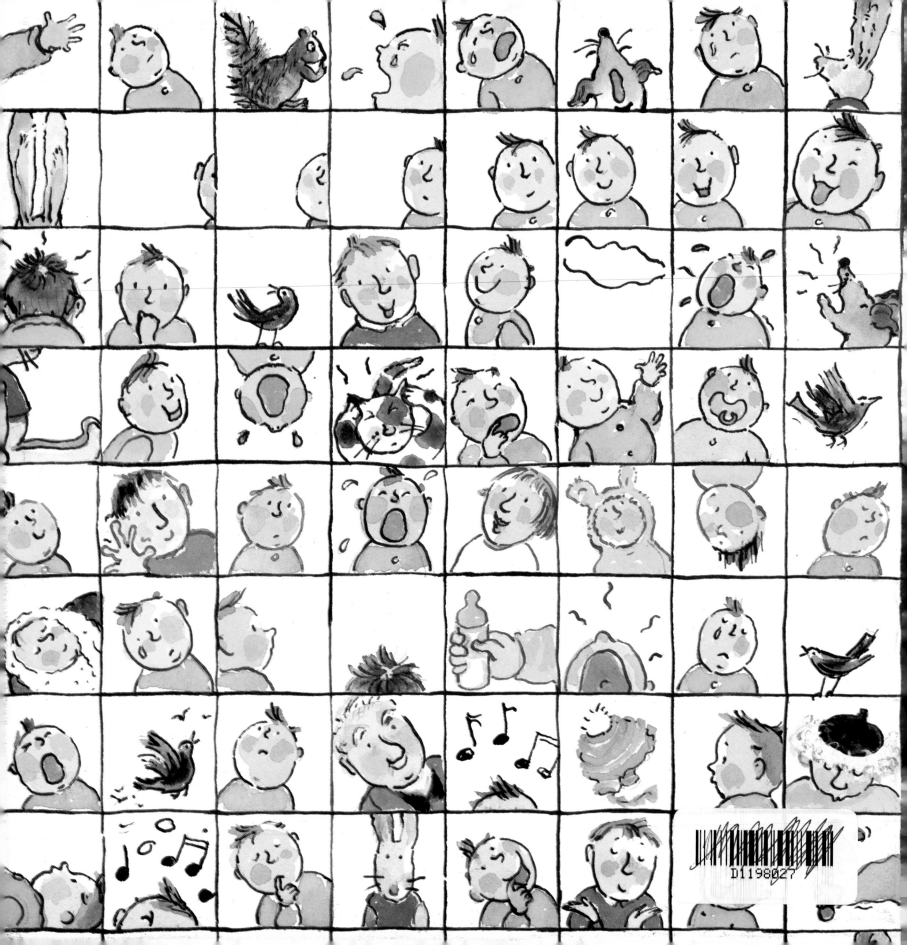